문학과지성 시인선 351

우리는 매일매일

진은영 시집

문학과지성사

문학과지성사에서 펴낸 진은영의 시집

일곱 개의 단어로 된 사전(2003)
나는 오래된 거리처럼 너를 사랑하고(2022)

문학과지성 시인선 351
우리는 매일매일

초판 1쇄 발행 2008년 8월 22일
초판 21쇄 발행 2024년 9월 30일

지 은 이 진은영
펴 낸 이 이광호
펴 낸 곳 ㈜문학과지성사
등록번호 제1993-000098호
주   소 04034 서울 마포구 잔다리로7길 18(서교동 377-20)
전   화 02)338-7224
팩   스 02)323-4180(편집) 02)338-7221(영업)
전자우편 moonji@moonji.com
홈페이지 www.moonji.com

ⓒ 진은영, 2008. Printed in Seoul, Korea

ISBN 978-89-320-1882-9 03810

지은이는 2007년 대산문화재단이 지원하는 창작지원금을 수혜했습니다.

문학과지성 시인선 351

우리는 매일매일

진은영

2008

시인의 말

대학 시절, 성수동에서 이대 입구까지
다시 이대 입구에서 성수동까지
매일 전철을 타고 가며 그녀를 상상했었다.
이 많은 사람들 사이, 만약 당신이 앉아 있다면
내가 찾아낼 수 있을까?

우리들의 시인, 최승자에게

2008년 8월
진은영

우리는 매일매일

차례

1. 멜랑콜리아

오늘 우리는 그의 우울을 완성할 것이다, 라고
아마도 나를 만난 것들은 그렇게 말하겠지.
상점의 어둠 같은 것.
철쭉의 어지러운 몽상이 있는 창문 같은 것들은.

—— 파스테르나크

아름답다

오늘 네가 아름답다면
죽은 여자 자라나는 머리카락 속에서 반짝이는 핀
과 같고
눈먼 사람의 눈빛을 잡아끄는 그림 같고
앵두향기에 취해 안개 속을 떠들며 지나가는
모슬린 잠옷의 아이들 같고
우기의 사바나에 사는 소금기린 긴 목의 짠맛 같고

조금씩 녹아들며 붉은 천 넓게 적시다가
말라붙은 하얀 알갱이로
아가미의 모래 위에 뿌려진다
오늘

네가 아름답다면
매립지를 떠도는 녹색 안개
그 위로 솟아나는 해초냄새의 텅 빈 굴뚝같이

눈의 여왕

그녀에게서 훔쳐온 것은
모두에게 어울린다
사물들은 하얀 곰가죽을 덮어쓴다
부푼 보리씨가 자라고
청소용 트럭, 빨간 우체통 그리고 떠다니는 집들

자동차는 멈춰 있고
폐타이어들이 굴러다닌다, 내 애인의
유두처럼 까맣다

그런 아침 사람들은
칼날처럼 일찍 일어나
피 묻은 자줏빛 살덩이의 살해자를
찾으러 다닌다

바람에 묶인 흰 털들이 공중으로 도망친다

멜랑콜리아

그는 나를 달콤하게 그려놓았다
뜨거운 아스팔트에 떨어진 아이스크림
나는 녹기 시작하지만 아직
누구의 부드러운 혀끝에도 닿지 못했다

그는 늘 나 때문에 슬퍼한다
모래사막에 나를 그려놓고 나서
자신이 그린 것이 물고기였음을 기억한다
사막을 지나는 바람을 불러다
그는 나를 지워준다

그는 정말로 낙관주의자다
내가 바다로 갔다고 믿는다

점

데카르트의 점
폐곡선 안의 점
아무리 모아도 넓이를 가진 이면지가 되지 않는 점
유일무이한 점

너의 콧등 위의 점
박하 잎 가득 담은 양가죽주머니를 쥐고 하얀 하늘
로 달아난 흰 올빼미의 발톱 같은 점

내가 사랑하는 권태로운 점
우주의 콧속에 떠도는 별의 후추씨
가벼운 재채기같이
네 얼굴 신비한 기하학의 하얀 무화과

집시의 시간

검고 뾰족한 모자를 쓴 여자, 교훈을 싫어하는 여
자다
권태로 새하얘진 아이들의 혓바닥을 칼로 긁어내며
자두향기 쏟아지는 그늘로 데려갔다

그녀는 우리의 작은 귓속에 술을 부었다
처음 마신 포도주 같은 이야기들
보랏빛 가죽주머니에선 날카로운 시간을 꺼내주었다

없을 땐
마시던 술병을 내리쳤지
그녀와 함께 누운 모래밭의 밤하늘
검은 미꾸라지들이 반짝이는 유리조각에 찔리며
파닥거렸다

더 캄캄한 날엔
그녀가 쏟아졌지, 사내아이들의 몸속으로
어두운 복도에 달린

단 하나의 좁은 창문으로
달빛이 쏟아지듯

또 무엇을 훔칠 수 있을까?
불은 꺼졌고 공기는 한없이 차가운데

아이들의 흰 목덜미에 은하수처럼 길게 빛나는 스
카프를
칭칭 감아주고
검은 기차를 타고서 그녀는 떠났다

선 밖으로 몸을 내미는 것은 위험합니다
플랫폼 푯말을 쓰러뜨리며
창밖으로 가슴을 내밀어 마지막 인사를 해주었지

우리는 하늘처럼 파란 젤리를 씹으며
오래 묵은 담배냄새가 피어나는 꽃잎무늬 소파에
앉아
그녀가 보낸 엽서들을 큰 소리로 따라 읽었다

애들아, 도시가 점점 납작해져
끈적거리는 누런 기름접시처럼 납작해지면
내가 준 참나무 설거지통에
담가주길

또는, 새로 만든 도시의 카탈로그를 동봉한다

밤공기의 부드러운 혀를 찢고
그녀의 모자가 별처럼 솟아오르길

작은 아이들은 공책 밖으로 삐져나오는 글씨 연습
을 하고
조금 자란 아이들은 황도대(黃道帶) 밖으로 새들을
쫓으며

계속되는 추위 속에서
우리는
그녀가 두고 간 탬버린처럼 몸을 떨었다

거기,

자꾸 밀어내도 빠르게 들어온다
회전문, 자의식, 컴컴한 창문이 여러 개 달린
너의 셋집에서 날아오는 냄새
비가 잿빛 가지 사이에
투명한 낚싯바늘을 드리운다
나의 고무장화가 거꾸로 매달린다
거기, 뒤집힌 조끼 주머니에서 쏟아지는
먼지로 뒤엉킨 토막 난 털실, 노란 종이뭉치들
거기, 구겨진 여백 위로 얼룩을 만들며
검은 빗물 번진다
거기, 슬픔에 대한 오랜 환대
거기, 낡은 악의에 대한 새하얗게 빳빳한 환멸
어 거기, 만지면
젖은 별과 썩어가는 멜론냄새 뒤섞이는
어두운 탑의 꼭대기로 나를 천천히 오르게 했던
어느 몸에 대한 상념
마르고 텅 빈 바닥에 닿으려고 펼친 팔 아래
창백한 손가락 흔들린다 거기,
거기에

어쩌자고

밤은 타로 카드 뒷장처럼 겹겹이 펼쳐지는지. 물위에 달리아 꽃잎들 맴도는지. 어쩌자고 벽이 열려 있는데 문에 자꾸 부딪히는지. 사과파이의 뜨거운 시럽이 흐르는지, 내 목덜미를 타고 흐르는지. 유리공장에서 한 번도 켜지지 않은 전구들이 부서지는지. 어쩌자고 젖은 빨래는 마르지 않는지. 파란 새 우는지, 널 사랑하는지, 검은 버찌나무 위의 가을로 날아가는지, 도대체 어쩌자고 내가 시를 쓰는지, 어쩌자고 종이를 태운 재들은 부드러운지

무질서한 이야기들

"네 멋대로 자고, 담배 피우고 입 다물고, 우울한
채 있으려므나"
  출처를 잃어버린 인용을 좋아해
  단단한 성벽에서 떨어진 회색 벽돌을 좋아해
  매운 생강과자를 좋아해
  헐어가는 입과 커다란 발을

끊어져 흔들리는 철교의
빨갛게 녹슬어가는 발목 아래서나
썩어가는 두엄지붕들 위에서
저 멀리
평원에서
들소의 젖은 털 사이로 불어오는
달착지근하고 따스한 바람을

손가락으로 좋아해
아니라고 말하는 어려움을
모든 습작들을 좋아해

서툰 몸짓을
이사 가는 날을 좋아해
죽은 사람의 아무렇게나 놓인 발들의 고요를
그 위로 봉긋하게 솟은
공원묘지에 모여든 초록 유방들
산 자의 기침과 그가 빠는 절망의 젖꼭지를
좋아해
그러나 꿀과 눈이 섞이는 시간을

너의 얼굴에서, 목에서
허리에서
얼음 같은 파란색 흐르는 시간을 좋아해
우리가 타버린 재 속에
함께 굽는
마지막 청어의 탄 맛을

라, 라, 라푼젤

그는 도둑고양이와 그림자를 사랑하고 그가 누운 관에선 흰 비둘기가 날아오른다 나는 드넓은 상치밭을 가꾸고 푸르고 여린 잎들 사이로 불쑥 솟은 거대한 굴뚝에 사네 낡은 성당의 저녁종이 들판에 울려퍼지고 그의 목소리 가까이 들린다 계단도 없고 문도 없으니 아가씨, 좁은 창문으로 너의 길고 탐스러운 머리 좀 내려줘

아주 오래 연주되기 위해서
긴 머리를 가진 여자들……

벌써 여덟번째야 그가 머리채를 잡고 올라와 내 목을 친 것이, 그가 머리통을 창문 밖으로 던진다 나는 바람 빠진 공처럼 튀어오르며…… 소리지른다 여보세요 야옹, 야옹 저도 고양이의 일종이에요 나는 오늘로 아홉번째 태어났다 그러니까 달팽이는 백 마리 아무도 그려지지 않은 검은 도화지 속을 나 혼자 뛰어가기

찢어진 상치잎들, 바람에 날아오르며 얼굴을 후려
친다

푸른 셔츠의 남자

한참 떨어지다
공중에 걸려 있다

이 나뭇가지는 여리고 부드럽다 그녀는 곧 부러질
것이다
둘이서, 또는 따로
추락의 투명하고 긴 허리를 애무하며

녹색 장미 꽃잎같이
활짝 벌어진 옆구리의 상처를
풀려난 두 팔로 휘저으며

　　아래로
　　　　　아래로

연애의 법칙

너는 나의 목덜미를 어루만졌다
어제 백리향의 작은 잎들을 문지르던 손가락으로.
나는 너의 잠을 지킨다
부드러운 모래로 갓 지어진 우리의 무덤을
낯선 동물이 파헤치지 못하도록.
해변의 따스한 자갈, 해초들
입 벌린 조가비의 분홍빛 혀 속에 깊숙이 집어넣
었던
하얀 발가락으로
우리는 세계의 배꼽 위를 걷는다

그리고 우리는 서로의 존재를 포용한다
수요일의 텅 빈 체육관, 홀로, 되돌아오는 샌드백
을 껴안고
노오란 땀을 흘리며 주저앉는 권투선수처럼

방랑자

오래 걸으면
장화 속의 공기가
붉은 솜처럼 젖어들었다

공터 폐타이어에 앉아
검은 무릎 위로 불꽃을 날리는 작은 아이들
지붕의 암탉들
양철처마 끝으로 따뜻하고 하얀 달걀이 굴러 떨어
진다

그는 천천히 지나간다
막사의 해진 빨랫줄 아래
배배 꼬인 채
물방울 흘리는
여자들의 푸른 스타킹으로 이어진 국경을 따라

검은 숲은
몽상하는 자들의 어두운 녹색 방패를 번쩍이며

도시에서 날아오는 대답을 막아내고

너도밤나무의 잘린 팔 같은 침목 위를
짓누르며 달려가는 기차바퀴
부서지며 날아오르던 잎새들이
고요하게 떨어진다
모노레일을 가로지르다 그가 중얼거리는
소리의 주변을 맴돌면서
── 저 기다란 두 개의 은빛 젓가락은
　　무얼 집으려는 거지?

회색의 풀들이
수챗구멍 위의 머리카락처럼 붙어 있는 시냇가
들릴 듯 말 듯 흘러가는

징검다리. 십이월 초. 흠뻑 젖은 양말로
이 별에서 저 별로
한 소녀에서 다른 소녀에게로

영원한 녹색에서 영원한 회색으로
건너뛰면서

대답해 보아
나는 누구의 연인인가?
얼어붙은 자신의 발들에게
마지막으로 그는 물었다

바람의 노래

그래 나는 가지를 흔들며 검은 딸기를
우유통 속에 빠뜨려 보았다
먼지로 뒤덮이기 전 달무늬를 띠며 빛나던 갈색 구
두코를 닦아 보았다

그래 나는 하늘의 말랑한 반죽, 흰구름이 딱딱해져
가는 것을 보았다
검게 탄 빵이 사람들의 머리 위로 부서져 내렸다

그래 나는 죽은 나뭇가지 위에
자줏빛 날개의 시가 잠시 머물다 날아가는 소리를
들었다
귓속을 빠져나온 영혼이 재에 섞여 거리를 헤매고
있었다

그래 나는 뜨거운 열기와 어울려 다녔다
회색의 두꺼운 엉덩이를 견딜 수 없어
의자들이 활활 불타고 있었다

네가 소년이었을 때

잡혀간 소녀와 작은 창문과 마술팽이를 좋아했다
여러 색의 가짜이름, 사과식초와
조금 슬픈 노래에도 부서지는 뗏목들을 좋아했다
눈감고 나무계단을 뛰어내려가는 것
삐걱이는 소리는 얼마나 아름다운지

대마왕과 석유전쟁을, 변명을 싫어했다
얼음별이 노란 양털담요 위에 떨고 있었다
낡은 동전들이 물방울 소리를 내며
고장난 분수대로 쏟아졌다

네가 소년이었을 때
네가 따준 자두가 먹고 싶었을 때
검은 물방울무늬 원피스 아래 돌처럼 무거운 가슴
이 없었을 때

소녀가 소녀를 사랑했을 때
소년이 소년을 사랑했을 때

엄지와 검지 사이

　　　　　이상한 불꽃을 쥐고 있었을 때
누런 시험지의 커다란 괄호들을 다 태워버렸을 때
붉은 집의 페인트공이 되고 싶었을 때
전쟁과 지나가는 여름의 차가운 피부에
불붙은 속옷을 껴입었을 때

신발장수의 노래

나는 원인을 찾으러 오지 않고 원인을 만들러 온 자
— 기원전 387년, 헤라크산티페
저녁바람에 날아간 메모 중에서

너는 모르지 네가 황급히 떨어뜨린 슬리퍼 한 짝이
얼마나 아름다운지
　오늘 밤도 종이 울리고 나는 네가 흘린 슬리퍼들을
주우러 다니지
　네가 뭘 보고 웃었는지 너는 잘 모르지

　나는 일러주러 왔다
　커다란 발을 가진 재미난 사내를 만들기 위해
　무한히 신발을 줍고 있는 밤이야

　다 가져가도 좋아
　나의 젖은 손과 나의 취한 시간과 나의 목소리

　고장난 시간들로 붐비는 시계를 좋아해 너는
　잘 돌아가는 빅벤을 열고

작은 나사 하나를 던진다

혁명의 텔로스는 빛나는 구름 위로 숨겨드렸지
그러니 우린 그냥 지나가는 길에

뻐꾸기들의 익살스런 울음을 위해
5시 25분26분27분
쉬지 않고 노래하는 새들의 빨갛게 젖은 깃털을 위해
유리 숲으로 슬리퍼를 던지네

폭탄은 정각에 터지지 않네
구름은 매일 흩어진다네

그래도 저기 오는 가난한 유리장수
손목에 한 번도 시계를 차본 적 없는 추억처럼
나를 너를 사랑했네
하나뿐인 흰 발을 사랑했네

소멸

빨간 자동차를 타고
동물원에 가는 일요일처럼

차의 경적 위에 앉은 새처럼

　　하늘은 푸른색 칸막이다
　　좀더 위쪽의 신비를 가려놓은

노래는 곧 날아갈 것이다
민첩한 사람들과
점점 느려져가는 사람들이
사라진 막다른 골목길
풍경의 흐릿한 날개를 달고서

녹색 종양이 자라는 팔월의 나무
뱀처럼 기다란 죽음이 나를 감아 오르고 있다
　　　　　　길 건너
다리 부러진 피아노처럼

세계가 기울어진다

　　어둠
유리창 불빛이 레몬처럼 흔들린다

나는 한 번도 진실을 말한 적이 없다
그리고 흰 공책 가득 그것들이 씌어지는 밤이 왔다

우리는 매일매일

흰 셔츠 윗주머니에
버찌를 가득 넣고
우리는 매일 넘어졌지

높이 던진 푸른 토마토
오후 다섯 시의 공중에서 붉게 익어
흘러내린다

우리는 너무 오래 생각했다
틀린 것을 말하기 위해
열쇠 잃은 흑단상자 속 어둠을 흔든다

우리의 사계절
시큼하게 잘린 네 조각 오렌지

터지는 향기의 파이프 길게 빨며 우리는 매일매일

2. 미친 사랑의 노래

나는 내 자신의 생각들로 너무 달궈져 화상을 입고 있다.
그 때문에 숨을 제대로 쉴 수 없을 때가 자주 있다.
그러니 먼지투성이인 모든 방을 뛰쳐나올 수밖에.

— 니체

메피스토 왈츠

뚜껑과 시신을 잃어버린 관 속에서
붉은 샐비어꽃이 피어날 때
밤이 놀란 두 눈썹을 치켜뜨고
묘석처럼 자라나는 담쟁이 잎을 응시할 때
불안이
부서진 어깨뼈의 십자가에서 포도송이처럼 열릴 때

사물 하나를 물고 와 심장의 텅 빈 수조
어두운 피의 찰랑거리는 기억 속에서 헤엄치게 할
수 있다면
다시 낯선 비밀들이
몸속으로 뛰어들게 할 수 있다면
페르시아 도기의 깨지기 쉬운 색깔에 포박되어
미친 양탄자의 춤 위에 올라탈 수 있다면

모든 구멍을 틀어막는 슬픔의 막대기여
무취의 거리를 짓이기며 달려가는 라벤더 꽃잎의
타이어

고대 화폐처럼 닳아버린 달의 입술이여, 사라진 역
병이여

어둠의 찢어진 자루에서
썩은 양파들이 굴러 떨어지는 밤

네가 마시는 알코올 속 얼음으로 녹아들기 전에
바이올린 화염으로 흰 자작나무 숲을 다 태우기 전에
그가 왔다

나의 죽은 귓속에서 푸른 귀뚜라미가 울고 있었다

Modification

주황색 의자가 있는 풍경
구름과 루비의 이름을 가진 여자들
삶은 완두콩의 뭉개지는 연두색 속으로
거리는 오후 여섯 시의 종소리와 자동차들을 끌고
간다

시 ― 암중모색
더듬거리기 위해 눈감기

손가락을 핥는 배고픈 개들의 부드러운 혀, 단 즙이
다 빨린 레몬 껍질의 짙은 향, 약간 슬프고도 우스운
느낌들, 그리고 문자들, 손바닥에 만져진 울퉁불퉁한
회벽, 하나의 거대한 렌즈로서의 달! 그보다는 거기
에 닿는 이마의 차가운 상처와 모래의 씁쓸한 맛

더하면 0이 되는 마법진(魔法陣)
텅 빈 사각형으로 부는 바람 속에서 세는 감각의
숫자들

한밤중에

고양이는 지붕의 알리바이다
지나가는 고양이를 움켜쥐고 지붕의 붉은 울음이
솟아났다
벨벳의 검은 꼬리가
지붕의 등을 오래오래 어루만졌다

죽은 장미를 버렸다 항아리의 고인 물을 따라
붉게 떨리던 시간의 한때가 하수구 속으로 흘러갔다
장미는 항아리의 알리바이다

크고 검은 장화 속에서 흰 발이 걸어 나왔다
어디론가 사라져버렸다 한밤중에
빈 항아리를 힘껏 껴안았다 내가 부서졌다

청춘 3

출구든 입구든
주황색 초벌칠이 가장 아름다운 철문들

날아오는 돌멩이들 속에서
피어나던 빨간 유리 튜울립

상처 난 이마 밟고 가던
꿈의 부드러운 발꿈치

기억한다

불타는 얼굴을 묻기 위해 달려갔던
투명한 두 개의 빙산, 너의 가슴
눈보라와 박하향기가 휘몰아치던 곳

앤솔러지

나에게는 다섯 명의 시인이 있지
첫번째 사람
그는 아파
모두가 떠나간 검은 빌딩의 불 켜진 한 층처럼
밤새
통증이 빛난다
눈먼 시간들이 부딪치는 어느 모서리에서

두번째는 용감해
유리 꽃잎이 부서지는
청춘의 안티노미에서 출발
목의 후드를 부풀린 코브라와 녹빛 총구들
침엽수림처럼 솟아오르는 국경을 향해
행진!
너는 곧 죽을 거야
라고
말린 넙치 위에 쓰인 글자들을
                              맛있게 씹으며

묽은 침 흘리며
다시 출발
— 저런, 턱이 부서진다

그러니까
암살자 태양이 뜨는 백야에
세번째 시인은 의사 흉내를 내지
나는 아무도 없는 어두운 대성당이다
라고 그는 외친다
자기 그림자로 병자를 치료하던 성 베드로를 좋아해

네번째 나의 시인은 천재
그는 결코 노래하지 않아
바닥에 엎드려
영원히 입 맞추는 꿈을 꾸네
꿈의 꿈속에서 물고 있는
거대하고 말랑한 풍선 꼭지
별의 내부는 그의 숨결로 가득하다

마지막 한 사람은
엉터리
그의 갈라진 목소리 안에 또 다른 다섯이 살고 있어
저마다 녹색 침을 퉤퉤 뱉는
다섯 마리 새들을 키운다
새들은 깃털 수만큼의 이미지를 품고 있어

뽑힌 나무들 너머
덜덜거리는 굴착기 위에서
잿빛 깃털들이
       여러 빛깔로
              흔들리며
                  떨어지네

마지막 사람은 엉터리
서툰 시 한 줄을 축으로 세계가 낯선 자전을 시작
한다

나는

　너무 삶은 시금치, 빨다 버린 막대사탕, 나는 촌충
으로 둘둘 말린 집, 부러진 가위, 가짜 석유를 파는
주유소, 도마 위에 흩어진 생선비늘, 계속 회전하는
나침반, 나는 썩은 과일 도둑, 오래도록 오지 않는
잠, 밀가루 포대 속에 집어넣은 젖은 손, 외다리 남
자의 부러진 목발, 노란 풍선 꼭지, 어느 입술이 닿
던 날 너무 부풀어올랐다 찢어진

그날

처음으로 시의 입술에 닿았던 날
내가 별처럼 쏟아져 내리던 날
머리카락을 쓸어 올리며
환하고도 어두운 빛 속으로 걸어간 날

도마뱀을 처음 보던 날
나는 푸른 꼬리를 잡으려고 아장아장 걸었다
처음으로 흰 이를 드러내고 웃었던 날
따스한 모래 회오리 속에서
두 팔 벌리고 빙빙 돌았던 날

차도로 뛰어들던 날
수백 장의 종이를 하늘 높이 뿌리던 날
너는 수직으로 떨어지는 커튼의 파란 줄무늬
뒤에 숨어서 나를 바라보았다
양손에 푸른 꼬리만 남기고 네가 사라져버린 날

누가 여름 마당 빈 양철통을 두드리는가

누가 짧은 소매 아래로 뻗어나온 눈부시게 하얀 팔
꿈치를 가졌는가
누가 저 두꺼운 벽 뒤에서 나야, 나야 소리 질렀나
네가 가버린 날

나는 다 흘러내린 모래시계를 뒤집어놓았다

인공호수

죽은 식물과 동물의 냄새가
내 얼굴에 배어 있다
조금만 햇빛을 쬐어도
슬픔이 녹색 플랑크톤처럼
나를 덮는다

Summer Snow

진리는 낡아빠진, 그리고 감각적인 힘을 상실한 은유들이다
— 니체

아담이 내게 물었다
이름이 뭐지?
아교에 늘어붙은 머리털들의 아름다움
바람이 검은 잔디처럼 불어온다

아담. 언 호수 밑엔
첫번째 도시가 있어
얼어가는 물고기
회색 벽이 내뿜는 물방울을 먹는다
그 물고기의 이름은?

불타는 지느러미
나는 시인입니다
다른 이름으로 부르지 마세요
듣기 싫어요
나는 불타버린 지느러미를 휘젓는다

거울 숲으로부터
사과 파는 여자가
쟁반에 두 개의 빨간 유방을 담아온다

아담, 너는 한입 가득 베어 물며
묻는다 이름이 뭐냐고?

나는 헤롯이며 요한의 잘린 머리
내가 죽인 모든 장자들의 아버지인

은유는 없다
그것은 푸른 얼음
따스한 구멍 속에서 녹아버렸다

아담, 이름이 뭐냐고?
그것은 우리가 오래전 떠나온 지하실
검은 달의 계단 아래

50

쌓인 참나무 술통
구멍에서 흘러나오는 포도알의 오줌
그것은
사라지는 푸른 얼음의 거울
강바닥에 내리는 불탄 살갗의 눈송이다

호수 밑에는
첫번째 도시가 있고
눈보라 먹으며 지나가는 물고기가 있고
불타버린 이름들의

검푸른 수면이 물결무늬 모자이크를 만들며 얼어
간다

물속에서

가만히 어둠 속에서 누군가를 기다리는 일
내가 모르는 일이 흘러와서 내가 아는 일들로 흘러
갈 때까지
잠시 떨고 있는 일
나는 잠시 떨고 있을 뿐
물살의 흐름은 바뀌지 않는 일
물속에서 누군가를 기다리는 일
푸르던 것이 흘러와서 다시 푸르른 것으로 흘러갈
때까지
잠시 투명해져 나를 비출 뿐
물의 색은 바뀌지 않는 일

(그런 일이 너무 춥고 지루할 때
내 몸에 구멍이 났다고 상상해볼까?)

모르는 일들이 흘러와서 조금씩 젖어드는 일
내 안의 딱딱한 활자들이 젖어가며 점점 부드러워
지게

점점 부풀어오르게
잠이 잠처럼 풀리고
집이 집만큼 커지고 바다가 바다처럼 깊어지는 일
내가 모르는 일들이 흘러와서
내 안의 붉은 물감 풀어놓고 흘러가는 일
그 물빛에 나도 잠시 따스해지는

그런 상상 속에서 물속에 있는 걸 잠시 잊어버리
는 일

어느 날

　바다는 에메랄드빛 커다란 눈물방울이었다가 모래
한 알 속에 전부 스며들었다. 나는 흰 양파를 썰며
웃었다. 불꽃을 아무렇게나 던지며 너는 마멀레이드
를 씹었다. 차가운 야구공이 운동장을 굴러다녔다.
수평선의 새들은 소리 지르며 파란색으로 추락했다.

　흰 고래에게 한쪽 귀를 선물했다.
　너는 오늘도 마셔야 했다. 하늘의 물렁한 바닥이
다 드러나도록.
　진흙 구름에 반쯤 묻힌 소라고둥, 잃어버린 귀걸이
를 찾아야 했다.

　오렌지 만(灣) 위로 달콤한 태양이 떠올랐다. 해안
선의 긴 혀를 따라 지붕의 자줏빛 이파리가 무성해졌
다. 마음은 빗자루에 엉겨붙은 먼지덩어리였다. 호두
나무를 닮은 여자인지도 몰랐다. 팔을 펼쳤다. 커다
란 호두열매가 주렁주렁 열렸다. 놀이터의 끊어진 그
넷줄처럼 흔들렸다. 모든 게 빛나는 한 쌍이던 시대

는 가버렸어 너는 외쳤다. 쇳소리 나는 오후 내내,
사라진 오후를 찾아다녔다. 햇빛은 9회말 마지막 공
격의 야구장이었다. 어디에나 가득했다. 나는 만루
의 투수처럼, 외롭지 않았다. 호두까기 병정의 부서
진 턱뼈가 상점 진열장 밑 마른 바닥에서 바스락거
렸다.

비평가에게

검은 기차, 길고 긴 기차가 있다
너는 기차를 탔다

창문을 열고 너는
여기가 어디지? 여기가 어디지?

지나가는 고장의 이름을 여러 나라 알파벳으로 외
우고
웨일스식과 스코틀랜드식 발음 차이를 연구하지
막 통과한 터널의 길이와 폭을 보고서에 기록한다

나는 너의 사장인데, 너는 금일 휴업

이제 내가 말해주지
지나가는 고장의 긴 이름들에 타라. 그 이름은 촌
충같이 길 수도 있고 칡처럼 향긋할 수도 있지. 너의
얇은 바짓가랑이 사이를 획 지나가는 그것을 느낄
것. 모르는 사이 어둠은 문어발처럼 숨 들이마시는

폐 속으로 뻗쳐온다. 빛의 국숫가락이 씹히지도 않은
채 넘어간다

　　잠시 내려와 누워라 너는 좀 피곤할 거야
　　어두워진 철길 옆으로 강아지풀들이 아무리 간지
럽혀도
　　Z Z Z

　　밤새도록 다정하게 나는
　　기차에 태워 갈 너를 만들어보려고……
　　설핏 몸속에 떠다니던 음들을 한 방울씩 떨어뜨린
다 어둠의 꾸들꾸들한 반죽 위에

나에게

하얀 소녀의 가슴처럼 머뭇거리며
조금씩 볼록해지는 의문들

아무 일도 일어나지 않아
슬프고 흐릿한 오후들이여 안녕
금관악기들의 아름다운 구멍들이여 안녕
닫힌 책의 검은 표지들이여 안녕

뜨거운 빵의 홈집 없는 표면들이여 안녕
갈라지는 틈에서 태어나는 감각들
모닥불 위에 놓인 거북의 껍질처럼

딱딱한 책을 태워라
무엇인가 점쳐라
우연을 사랑하라

책 속의
불은 꺼졌다

난로 위에 무엇을 올렸는지 기억하지 마라

주사위는 던져졌다
의미보다 넓은 말 —— 무성한 풀밭 위에
숫자는 숨겨졌다 유황냄새로 숲을 감싸고
진동의 발명가가 돼라

마지막 시를 달라
이 사물은 미학적으로 낡았지만 마음을 이동시킨다
저곳에서 이곳으로

흔들리는 물그릇같이 젖는 시인
늘 폐허로 돌아오는 사람
부서진 벽 너머 길게 펼쳐진 하늘 깃털을 좋아하는
사람
파란 깃털들이 천천히 내려앉는다
쟈스민 지뢰, 들장미넝쿨의 낡은 탱크 위에
여자와 아이들의 구멍난 얼굴 위에

깨진 목욕통에
가득 채울 물의 표정을 달라

실패한 시인
실패한 혁명
불꽃
분홍 플라스틱의 고약한 연기 속에서

다시 실패하라 더 잘 실패하라*
물속의 불꽃들

* Samuel Beckett, *Nohow On*(1989).

닭이 울기 전에

나의 등에 뚫린 구멍으로 새들이 날아오르고
마른 쑥의 쌉쌀한 냄새가 찬 바닥에 깔린다
나는 어금니로 접속사들을 깨물어본다
사과 속의 오븐이 그립다
나를 모른다고 해줘
벌써 새벽이 온다
깊은 의미, 따듯한 빵과 쉽게 굳는 진흙 같은 미래
를 생각하기에는
너무 푸른 안개 자욱한 새벽이

혼자 아픈 날

말라가는 건초향기가 계단을 따라 올라오는 오후야
너를 기다리며 이파리 사이에 달린
검은 버찌알들 전부 빛나게 닦아놓았어 방문 앞엔
바람에 흔들리는 종이별을
문을 활짝 열지는 마, 약봉지들이 멀리 날아가네
먹지 않고 숨겨둔 알약들은
길 잃은 아이들의 손바닥에
가본 길로는 결코 되돌아가지 않을 오누이들에게

　　　　그럼 자작나무숲과 새들에게, 너에게만 말
해줄게

내 몸엔 점이 여섯 개야 나는 오늘 과일칼을 깎았어
고통과 긴 이야기를 나누었지
그자는 살인에는 관심이 없대
아무래도 미치광이 같아, 아름답게 찌르는 일에 중
독된

그리고 나는
검정 속의
오렌지 같아 아무래도 점점 흐릿해지는

이 병에서는 무슨 냄새가 날까?
페스트는 익은 사과냄새 홍역은
막 뽑은 깃털냄새가 난대

　　초록과 빨강 사이에서 문득 깨어나고 싶다면?
　　검지손가락 위의 꿀 세 방울과 성난 말벌의
벌통 사이에서
　　화려한 접시 장식보다는 푸른 아스파라거스
밭의 초조함 사이에서

오늘 밤엔 어떤 병을 앓고 싶니? 어떤 詩를?

내 몸엔 점이 여섯 개뿐이야
달아난 한 개를 찾으러 밤의 손가락이 무한히 길어

지고 있어
  잘려나간 밑둥들이 송진냄새 뿜어내는
  그곳에서
  마지막으로 너를 기다릴게

블라디미르라는 이름의 목도리

검은 토끼. 빨간 눈을 반짝이며 곱슬거리는 거짓, 또는 북구의 겨울처럼 긴 따스함을 목에 두르고 안녕하세요? 블라디미르 붉은 광장 묘지에 누운 빳빳한 검은 콧수염. 자본의 뚱보들은 옆구리가 환상적으로 따가우시네. 안녕하세요? 블라디미르 캄캄한 무대를 배경으로 꼬챙이처럼 솟아오르는 나무들. 거기에 찢어질 붉은 비단 바람 같은 고도를 기다리며 안녕하세요? 블라디미르 당신의 익살맞은 리스트를 좋아해요. 검은 설탕물의 흐르는 귀에 미끈거리는 오미자를 담그세요. 안녕? 소녀들. 안녕? 소년들. 검은 피스톨의 동그란 총구를 향해 발사되는 관자놀이의 피냄새처럼. 바지 입은 구름 블라디미르도 안녕? 이제 내 앞에도 탕, 탕, 탕 은빛 텅스텐 같은 서른여섯 개의 겨울이 배달되었어. 블라디미르블라디미르. 먼지들의 흩어지는 어깨에 잠시 흘러내리는 긴 이름 같은 블라디미르라는 이름의 목도리. 환상적으로 어여쁜 그녀가 검붉은 털실로 내게 만들어 준.

미친 사랑의 노래

여름
낡은 장미무늬 카펫 위로 걸어가
하얀 먼지를 털면서
방망이로 비의 투명한 심장 두드리며

돌멩이는
녹색으로
죽음은
막대사탕으로
노래는
치즈에 뚫린 구멍들로
(묘사하면서)

너의 늘어나는 다리를 부드러운 달의 접시에
꽂아라
새로운 기호의 쥐들이 달려오도록

3. 문학적인 삶

나는 인간 행동을 조롱하지도 한탄하지도 저주하지도 않고
오히려 인식하기 위해 진력해왔다

—— 스피노자

5월의 첫 시집
— 승환에게

A, U, G의 아름다운 생김새
달의 속눈썹이 긴 줄 처음 알았지

너는 죽은 이름을 부른다
하얗게 얼어 쓰러진 철탑 꼭대기에
여름 반바지 입고 앉아

모든 절정은 왼쪽이거나 오른쪽 끝
검푸른 촛불의 흔들리는 발자국으로 가는.

너는 틀린 철자로 받아쓴다
고요한 철망 아래
연필 깎는 소리 들린다 얼음 발톱 깎는 소리
아니 눈 내리는 소리일지도

지금은 5월
너는 쓴다 검은 비닐봉지 날아오르고
빨간 꽃잎 찢어지는 소리

창백하게 잠든 얼굴 위로 촛농 떨어지는 소리
첫 올가미에 부드러운 목이 매달리는 소리

너는 쓴다
언제나 5월, 이라고

가득한 마음

어둠 속 잔디에서
바질향기의 초록 스프링이 튀어오른다
정신없이 자다가 곰팡이냄새 어두운 보랏빛 벽에
얼굴 부딪힌다 겨울 하숙집, 차가운 바닥에 영인판
니체 전집도 쏟아버리고 내년엔 수목원으로 열리는
창문 있는 집으로 이사 가자 향기나는 목걸이만 걸치
고 뛰쳐나가는 벌거숭이 소년을 만나러 그땐 네게 따
뜻한 호밀빵도 구워주지 기억의 커다란 자수정을 쥐
오줌 얼룩진 천장에 빛나게 달아줘 휘어진 책장 치운
환한 창 너머로 노란 활자 촘촘촘 양탄자에 뺨을 대
고 잠들던 시절, 책으로 집을 짓던

친애하는 비트겐슈타인 선생께

별빛이 젊은 예술가의 이마 위에
어둠의 긴 자루에서 빠져 날아오는 낫같이 찍힌 후
더 깊은 심연으로 되돌아가는 밤입니다
로댕 씨의 작업장은 아주 넓고 아름답습니다
저는 지르던 비명을 완성하기 위해 차례를 기다리
는 석고상이나 팔다리 없이 영원을 향해 애무의 몸짓
을 던지려는 청동 토르소 사이를 거닐고 흰 라일락의
턴테이블에서 밤공기의 검고 낡은 음반이 돌아가며
흘리는 향기를 맡습니다. 타블로이드판 신문냄새, 새
로 간 파리대로의 타르냄새, 노동자들의 오래된 가죽
장화냄새가 소음처럼 뒤섞이는 곳에서 저는 이곳 주
인장의 명성과 그가 만든 조각들의 탄생과 죽음을 써
야 합니다. 모든 사람의 혀에 익숙한 맛이 아니라면
파리에 계속 머물기는 힘들겠지요. 이 고요하고도 소
란한 저녁 무렵 친애하는 선생 재단 사무원의 갑작스
런 전화에 저는 이런저런 상념에서 깨어났습니다. 선
생께서 약속하신 금화 천 크로네를 받을 수 있는 몇
몇 작가로 물망에 올랐음을 전하고 과거 다른 독지가

로부터 지원을 받은 적이 있는지 물었습니다. 저는 한없이 망설이면서 그것이 무척 소액의 지원이었다는 사실과 아마도 구약처럼 먼 시대에 일어난 일이었다는 사실을 알렸습니다. 그가 조금 어리석은 사람이었다면 제 목소리와, 회색 털 빠진 개의 간절한 눈빛으로 고리지어져 흔들리는 녹슨 사슬 소리를 혼동할 수도 있었을 테지만 사실상 저로 말씀드리자면 금화 따위에는…… 저녁마다 뜰 앞의 작은 돌들을 뒤집어 축축한 달의 뒤편을 어루만지는 저로서는…… 신시집과…… 빈의 끝없이 이어지는 니힐한 골목들만이 저의 텅 빈 심장 속에…… 그러나 선생님, 참고로 말씀드리자면 제게는 아내와 딸아이가 하나 있고……

존경과 감사를 담……
라이너 마리아 릴……*

* 릴케가 파리 근처 뫼동에 있는 로댕 작업장에서 지내던 시절 그의 영수증묶음 사이에서 발견된 편지.

그림

도시 가운데로 난 길을 남자가 걸어갑니다
도시 변두리에서 한 여자가 수수께끼를 덮고 잠이
듭니다
한 번도 만난 적 없습니다
여자가 거리를 뛰어다니는 동안
남자는 푸른 플라스크 속에 숨어 있었습니다
그가 지하도와 안개 가득한 거리로 돌아왔을 때
그녀는 도서관의 유리 기둥 위에 누워 책을 읽었습
니다
박노해와 네루다에 밑줄 긋는 여자
잠과 엘리엇을 암송하는 남자

그가 음악회에서 첼로를 멋지게 연주하는 동안
그녀는 학교 음악실에서 피아노를 뚱땅거립니다
음악실 옆
작은 길은 숲으로 나 있습니다

동쪽에서 달을 몰고 오는 여자

그게 나의 이름입니다

서쪽에서 해를 타고 오는 남자
그게 당신의 이름입니다

더 높은 곳에 모든 걸 그리는 순간이 있어
오른쪽 그림과 왼쪽 그림을 잇습니다
다른 풍경은 검은 페인트로 간결하게 생략됩니다

70년대産

우리는 목숨을 걸고 쓴다지만
우리에게
아무도 총을 겨누지 않는다
그것이 비극이다
세상을 허리 위 분홍 홀라후프처럼 돌리면서
밥 먹고
술 마시고
내내 기다리다
결국
서로 쏘았다

나의 친구

별과 시간과 죽음의 무게를 다는 저울을
당신은 가르쳐주었다,
가난한 이의 감자와 사과의 보이지 않는 무게를 그
리는
그런 사람이 되라고.

곤충의 오랜 역사와 자본의 시간
우리는 강철 나무 속을 갉아 스펀지동굴로 만드는
곤충의 종족이다.
어제 달에서 방금 떨어진 예언을 나는 만져보았다
면 우주에서 떨어진 꿈에는 언제나 무수한 구멍이
뚫려 있지.

어둠 속에서는 어떤 보폭으로
야광오렌지 알갱이를 터뜨려야 하는지?
어떻게 기계와 자유가 라일락과 장미향기처럼 결
합하는지?
우리가 인간이라는 창문을 열고 그토록 높은 데서

뛰어내릴 용기를 가질 수 있는지?
　대답의 끝없는 사막에
　낯선 물음, 빛나는 피의 분수가 쉴 새 없이 솟는
법을 가르쳐주었다.

　물론 모든 걸 그리는 건
　내 마음 가득한 지하수, 어쩌면 푸르고도 고요했던
강물이겠지만

　너는 무심코 던져진 돌멩이,
　강가에 이르도록 퍼지는 물음의 무한한 동심원을
만드는

　너는 내 손에 쥐어질 얼마나 날카로운 칼인가!
　높은 기념비, 예술가들, 철학자들, 위대한 정치가
들보다도
　나의 곁에서

어리석은 모세, 붉은 바다를 가르는 지팡이
확신의 갑옷을 두른 모든 시대의 병사들을
전부 익사시키는.

그것을 믿자, 강철 부스러기들이
우리를 황급히 쫓아오며 시간의 거대한 허공 속에서
흩어진다.
죽음과 삶의 자장(磁場) 사이에서.

그것을 믿자, 숱한 의심의 순간에도
내가 나의 곁에 선 너의 존재를 유일하게 확신하듯
친구, 이것이 나의 선물
새로 발명된 데카르트 철학의 제1 원리다.

달로 가는 비행기

이 노래에 어떤 프로펠라를 달아야 할까
내가 스무 살이냐 열 살이냐

아기아기 내 아기
달이 부른다

내 비행기에 어떤 프로펠라를 달아야 할까
엄마의 눈빛 같은 달로
날아가는 비행기
나는 크고 단단한 날개를 원한다
고막이 터지도록 요란한 프로펠라를 원한다

내가 그린 빛나는 달로
내가 그린 요란한 비행기 날아간다

그림 속이 고요해
들여다본다
그림 속 달은 황달에 걸린 남자 동공 같다

그림 속 비행기는 프로펠라 같은 흰 꽃잎 달았다
내 한숨에 그림 속으로 바람이 분다
달로 가는 프로펠라가 한 잎 두 잎 날린다
내가 울다 고개를 든다, 저기 달로 가는 비행기
달이 긴 그림자 손으로
토닥인다

내일 다시 그려

문학적인 삶

별들은 죽는다. 짐승들은 보지 못하리라.
우리는 역사와 더불어 홀로 남아 있다.
— 오든

그들은 결정을 서두른다. 적어도 내년 봄까지는

오랫동안 어느 작가도
괴테처럼 걸작을 쓰지는 못했으니까,
노란 조끼를 입은 청년들의 관자놀이에
서슴없이 방아쇠를 당기게 할 위대한 한 페이지를.

그들은 결정을 서두른다.
도축용 갈고리를 흔들며 바닥을 채색하는 붉은
간(肝)과
놋쇠 빛깔의 거꾸로 된 물음표에 매달려
말라가는 단어들 사이에서.

베르테르의 슬픔에 비견할 성과가 필요하다.
적어도 내년 봄까지는……

젊은이를 비탄으로 몰아갈
실업의 총알을, 죽음에 못 이른다면
비정규직의 주황색 망토에 뚫릴 동그란 구멍이라도

그럴지도 몰라. 한 사람의 젊은이가 위대한 예술가로
성장하기 위해서는

나무도마 위의 칼자국처럼 갈라진 농부의 이마
비릿하게 항구의 푸른 젖가슴에서 발려나간
어부의 차가운 돛대
슬픔의 살찐 넓적다리를 파고드는
달콤한 폭력이 또다시 필요할지도!

관료들은 결정을 서두른다.
노래는 폐허와 부패의 미끌거리는 창자를 입에 문 채
갈가마귀처럼 하늘을 날아가는 법이라고
우리를 가르치기 위해?
                        또는

고통과 비명의 자유로운 확산과 교역을 위해?

그들은 결정을 서두른다.

폐병쟁이 시인을 위해 흰 알약의 값을 올리고
아직도 발자크처럼 건강한 소설가에게는
어미소를 먹인 얼룩소를 먹이도록.

잠든 이웃에게는 아름다운 나라의 산업폐기물이
트로이의 목마처럼 입성하는 도시들과
햄릿에서처럼
독극물이 고요한 한낮의 귓속으로 흘러드는 이야
기를 선물하라.

당신들은 결정을 서두른다.

이런 결단들은
종이봉지에서 포도송이를 꺼낼 때처럼

조심스럽거나 부스럭거려서는 안 된다.

소리 없이
비닐봉지를 휙 가르고 떨어지는 나이프처럼
사람들이 모여들기 전에.

유년 시절

너무 높은 푸른 벽돌로 둘러싸인 시간
따뜻한, 반짝이는 거짓말로 된 시간
겨울 태양은 붉은 벨벳 장갑으로
토끼의 언 귀를 어루만진다

목덜미를 따라 얼음이 미끄러진다
놀라서 너는 어른이 되고
안개 속을 더듬거리며 공책을 펼친다
짙은 잉크의 서툰 문장 위에 빗방울

사브레 과자와 딸기나무 침대로도
잠들지 않는 불행들이 가시 울타리에 걸려 있다
요통은 달빛 모르핀 손가락 사이를 빠져나간다
너는 천천히 허리를 구부린다
부드러운 배 밑에는 차가운 물결

밤새 하얗게 패어가는 모래들과
낯선 해안으로 실려간다

잠 깨어 조개껍데기를 열면
떨리는 눈썹에 찔린 유년의 눈알들
깜짝 놀라 쳐다본다. 새빨개진 진주처럼

Quo Vadis?

울던 아이들은 어디로 갔나
이제 바람도 멈추었다네
우리의 녹색 비밀을 묶어둔 노끈들
처음으로 숫자를 적은
작은 공책은 어디로

물에 빠진 고양이털 하얗게 얼어가는 추위

나무 실로폰은
먼 마을의 저녁 종소리는
어디로

낡은 선반 위에서는
여수 출입국 보호소 화재로
사과와 별을 싼 종이냄새가 났었다
이주노동자 10명 사망. 17명 부상
사과와 별을 싼 종이냄새가 났었다
보호 외국인의 도주를 우려해

숨겨놓은 얇고 구겨진 파란 종이를 풀며
쇠창살 문 개방 지연, 감금된 채
숨겨놓은 얇고 구겨진 파란 종이를 풀며
노동자들 연기에 질식 사망

사탕에 그려진 달콤한 회오리를 따라 혀를 내밀었
는데
어린 우리는 높은 담장 넘어
이웃의 마당에 빗방울로 떨어졌는데
과일나무 가지들은 빨간 열매 달고
우리를 계속 따라오는데

서리 낀 창유리로 물방울
맑은 얼룩의 길을 내며 흘러내린다
연기에 그을린 고양이털
지폐처럼 **빳빳하게** 얼어가는 추위

우리가 모아놓은 잿빛 구름이

밀빵처럼 부풀어오른다
갇힌 사람들의 피로 젖은 빵을 뜯으며
저녁은 몹시 어두워지는데, 이제 어디로?

러브 어페어

그런 남자랑 사귀고 싶다.
아메리카 국경을 넘다
사막에 쓰러진 흰 셔츠 멕시코 청년
너와
결혼하고 싶다.
바그다드로 가서
푸른 장미
꽃봉오리 터지는 소리가
폭탄처럼 크게 들리는 고요한 시간에
당신과 입맞춤하고 싶다,
학살당한 손들이 치는
다정한 박수를 받으면서.

크고 투명한 물방울 속에
우리는 함께 누워
물을 것입니다
지나가는 은빛 물고기에게,
학살자의 나라에서도
시가 씌어지는 아름답고도 이상한 이유를.

나의 할머니

아침 거미줄로 뒤덮인 검은 장롱이었다
쿠마이의 여자 무당처럼 점점 줄어들었다
항상 커다란 치마를 입었다
바람의 부드러운 대패질로 모든 것이 얇아졌다
나의 오므린 무릎 사이를 빠져나가는 갈색 종이같이

킬킬거리며 그녀가 커다란 치마를 펼쳤다
기차 삼등칸처럼 함께 붙어 실려가던
탄식의 선홍색 의자들
노란 치자꽃잎처럼 겹겹이 모여든 세간에서 피어
나는 술과 오줌냄새
썩은 이빨 나기 시작한 어린애가 소리 질렀다, 웃
었다

오므린 입술의 주름을 타고 흐르는
한두 방울 알코올 속에서
장마가 지고 겨울이 몇 번 커다란 입을 벌리고 지
나갔다

모든 순간과 짝 지어가는 고통의 무리를 가득 실은
방주를
얼어붙은 가슴으로 천천히 밀면서

그녀는 잎이 모두 진 월계수 가지에
한 장의 젖은 카드처럼 매달렸다

나는 가지를 툭, 부러뜨려 땅속에 묻었다

노란 뚜껑의 작은 유리병 속에

진흙으로 만든 사람
그 위에 내리는 눈송이를
넣을 수 있다면

얼굴 없는 여자의 긴 목
한 번도 쓰지 않은 하얀 굴뚝과
달리는 말들의 잘생긴 넓적다리
녹색 못[釘]들의 초원을
넣을 수 있다면

쓸개처럼
긴 맛의 커다란 기차를 탔을 때

검은 바닥에 뒹구는 노란 뚜껑 작은 유리병
앞사람이 버린 것

그는 어디서 내렸을까
노래들, 엄지발가락 부러지는 소리 가득한
이 칸을 지나서

주어(主語)

먼지의 예절
지나가다 멈춰 선 짧은 목례와 같았다
다시 거울 위에 푸른 콩이 쏟아지듯
눈빛들이 흩어졌다

우리가 바람의 무덤 속에 매장하는 향기들
실패에서 풀려나오는 실을 감으려는
그림자 손가락 같았다

사물들은 올리브유의 초록처럼
내내 투명했다
다른 시간 속에서 활활 타오를 것 같았다

엉겅퀴와 찔레
노란 탱자나무가 반복되는 가시나무 뜰의 정원사
그의 눈먼 손가락이 그 이름들을 건드릴 때
붉은 피로 젖어드는 습자지의 식물들과 같았다

대기의 습도를 맞추기 위해
검은 휘장 속에서 뻐꾸기가 울고 있었다

티베트어로 묘사된 달밤, 세계는 읽을 수 없이 아
름다워
천 개의 팔에 불안의 아이들을 안고
날아가는 천사와 같았다

너의 집 쪽으로 향하는 골목들의 미로
비단으로 된 계단
집 안으로 영원히 들어서지 않는
빛나며 찢어져가는 거리들과 같았다

누군가가 엄지로 폐동맥을 누르다 떼는 듯
불명료함의 심장에서 솟구치는
무언가와 같았다

서커스단 파란 천장 같은 궁륭에서

별들이 떨어졌다

반대편으로 건너가기 위해
외줄을 놓아버린 곡예사 소년처럼

무한의 흰 손목을 놓칠 것만 같았다

어떤 노래의 시작

너는 추위를 주었다
나의 언 손가락은 네 연둣빛 목폴라 속에
버들강아지처럼

너는 어둠을 주었다
나의 눈은 처음 불 켜진 지하실의 눈부심 속에

입술이 나에게로 열렸다
향나무 불타는 난로의 숨결에 이어진
연통의 어리둥절한 뜨거움

너는 돈을 주었다
처음 산 물건의 기억, 작은 지우개 달린 연필

너는 내게 칼을 주었다
처음으로 애호박과 흰 손목을 썰어본 감촉

내게 눅눅한 이불을 주었다

자줏빛 고사리 냄새의 침묵이 떠도는

아무것도 주지 않았다
죽은 별
포자(胞子)의 시간

그리고 야릇한 것이 시작되었다

멜랑콜리 펜타곤Melancholy Pentagon

권 혁 웅

1. 우울한 염소가 한 마리, 두 마리…… 다섯 마리

　나에게는 다섯 명의 시인이 있지

　　　　　　　　　　—「앤솔러지」부분

　사랑에 대한 후일담이 사랑보다 선행할 때가 있고, 자신에 관한 회고담이 자신보다 앞설 때가 있다. 시원(始原)은 파생과 유출을 통해서만 자신의 지점을 지시할 수 있는 법이다. 무언가가 자신을 긁고 지나간 후에야 우리는 그게 사랑이었음을 안다. 사랑은 명사가 아니라 형용사이고 실체가 아니라 속성이다. 어떤 '상태'는 상태 바깥에서만 호명의 대상이 된다. 그래서 앞의 문장은 이렇게 교정되어야 한다. 내게 긁힌 자국이 생기고 나서야 나는

100

사랑하는 상태에서 떨어져 나왔음을 안다. 내 자신에 대한 생각 역시 그렇다. 처음에서 멀리 벗어났다고 느낄 때에야 비로소 내 자신의 정체성이 떠올라온다. 나는 그 벗어남의 동작과 상태를 통해서만 지각된다. 그러니까 '나는~'으로 시작되는 모든 문장에서 '나는'은 일종의 의미 없는 허두(虛頭) 혹은 가주어다. 그것은 실제의 내가 모든 술어의 주인이라는 것을 가리키지 않는다. 차라리 그것이 술어들을 매듭짓는 특정한 지점이라고 보는 게 옳겠다. 그래서 '나는 ~ 했다/~이다'로 간추려지는 문장은 술어를 중심으로 다음과 같이 번역되어야 한다. '~한 움직임이/~한 상태가 있었다.'

이야기와 이야기된 것 사이의 이 간극은 언어에, 주체에 그리고 세계에 내속적인 것이다. 진은영만큼 이 간극을 선명하게 의식하고 있는 시인은 드물다. 그녀의 시는 처음부터 단일한 시가 아니라 시에 대한 시이며, 내가 쓴 시가 아니라 내가 나에 대해 쓴 시이며, 세계에 대한 시가 아니라 세계의 조각들을 재조합하여 구성한 세계에 대한 시다. 시는 세계를 담아낼 수 없었지만 시에 대한 시 속에서 제 이상을 보존했고("시, 일부러 뜯어본 주소 불명의 아름다운 편지/너는 그곳에 살지 않는다"——「일곱 개의 단어로 된 사전」), 나는 세계의 주인이 되지 못했지만 술어들의 담지자, 형식의 보존자로 자신을 지켰고("나/는 공사판으로 내려온 눈송이/한 일이라곤 증발하는 것뿐이었다"——「어

느 눈 오는 날」), 세계는 부서져 나갔지만 잠재태로서 도
처에 편재했다("유괴범, 그의 이름은 아버지다//〔……〕/쇠
창살에 밤하늘 별들이 비친다/구름 사이로 나를 내려다보는
어머니"──「유괴」).

이 간극에서 발생하는 것이 멜랑콜리다. 멜랑콜리를 심
리학에서 말하듯 우울, 불안, 근심의 정서로만 다루어서
는 안 되고, 계몽주의에서 비난하듯 건강한 삶을 망가뜨
리는 광기로만 보아서도 안 되며, 사회학에서 비판하듯
현실도피와 행동장애의 유형으로만 일반화해서도 안 된다.
멜랑콜리는 보들레르에게는 근대인의 고독과 자본주의에
대한 저항의식의 산물이었으며, 벤야민에게도 역사의 폐
허를 응시하는 근대적 자각의 소산이었다. 나와 세계 그
리고 언어의 간극이 드러날 때, 거기에 멜랑콜리가 있다.

시인의 첫 시집에서 이 모습들을 살펴보자. 먼저, 시:

내 가슴엔
멜랑멜랑한 꼬리를 가진 우울한 염소가 한 마리
살고 있어
종일토록 종이들만 먹어치우곤
시시한 시들만 토해냈네
켜켜이 쏟아지는 햇빛 속을 단정한 몸짓으로 지나쳐
가는 아이들의 속도에 가끔 겁나기도 했지만
빈둥빈둥 노는 듯하던 빈센트 반 고흐를 생각하며

담담하게 담배만 피우던 시절　　—「대학 시절」 전문

　"멜랑콜리"가 염소가 흔드는 "멜랑멜랑한 꼬리"처럼 자
연스럽듯, "종일토록" "종이들"을 "토해"내는 나의 시작
(詩作)도 자연스러운 일이다. "빈센트"가 빈둥거리고, 담
배를 "담담하게" 피우는 게 자연스럽듯. "시시한 시들"(계
속되는 시인의 말장난을 존중한다면 "시시"에는, '보잘것없
음'이라는 검사에 더하여 '여러 편'의 시란 뜻이 숨었다)을
쓰게 만든 힘이, 바로 그 우울, 멜랑콜리였다.
　다음, 나;

　　한 알의 밀알로 썩어
　　거대한 밀밭을 꿈꾸는 사람들

　　나는 하나의 밀알로 썩어
　　세상의 모든 바람이 취기로 몰려오는
　　한 방울 향기
　　아득한 밀주
　　아무런 후일담도 준비하지 않는
　　　　　　　　　　　　—「하나의 밀알이 썩어」 전문

　"한 알의 밀알로" 썩는 게 사람들에게는 자기희생이지
만, 내게는 진정한 부패 곧 발효다. 그들은 작은 희생을

통해 커다란 후일담을 준비한다. '네 시작은 미약하였으나 네 나중은 심히 창대하리라'(「욥기」 8장 7절)는 (흔히 잘못 인용되곤 하는) 말 그대로다. 그런데 나는 썩어서 밀주가 되고 싶다. 한 방울의 향기로, 아득한 밀주로 사람들의 혀끝에서 향기롭게 스러져버리고 싶다. 이 부패와 퇴락이 (벤야민이 말한 바로크적) 멜랑콜리다. 그런데 사실은 이게 진정한 나를 구성하는 후일담이다. 사람들은 "거대한 밀밭"이라는 미래로 자신의 썩음(죽음)을 자꾸 연기한다. 죽음에는 미래가 예비되어 있지 않다. 밀알이 썩었는데, 어찌 밀을 틔울 수 있을까? 그러니 그냥 밀주나 되자. 잘 썩어서(발효되어서) 밀밭에서 불어오는 세상의 모든 바람을 취기로 맞아들이자. 황홀한 현재가 "한 알의 밀알로 썩어"간 내 과거, 내 기원의 후일담인 셈이다. 후일담이 기원을 만든다는 게 이런 뜻이다. 여기엔 오지 않은, 올 수 없는 미래 때문에 연기되는 삶 같은 건 없다.

그다음, 세상;

진희영 생일   3월 15일
윤정숙 결혼 기념일   3월 16일
진은영 생일   3월 17일
그러니까 동생이 출생하고 나서
엄마가 결혼하고
나 태어나게 되었지

다트 화살을 힘껏 던지면
시간의 오색판이 빙그르르 돌아간다

시를 쓰고 나서 혁명에 실패하고
한 남자를 사랑하게 되었는지
혁명에 실패하고 나서 한 남자를 사랑한 후
시를 쓰게 되었는지

추억은
커다란 뚜껑이 달린 푸른색 쓰레기통
열어보지 않으면, 산뜻하다
모든 것이 푹푹 썩어가도

—「푸른색 Reminiscence」 전문

　기념일은 특이한 시간이다. 한 번 벌어진 일이 무한히
재귀하는 시간이기 때문이다. 1연에서 보듯 재귀의 순서
는 실제의 순서와 같지 않다. 기념일에서는 벌어졌던 일
들이 시간의 순서를 벗어나, 무시간적으로 배열된다. 역
사는 정지되고 현재 위에 과거가 겹친다. 기념일은 폐허
의 시간화이자 시간의 폐허화다. 그래서 기념일은 멜랑콜
리의 시간, 곧 우울한— "푸른색"(blue)— 시간이다. 일
직선적인 시간(힘껏 던진 "다트 화살")과 순환의 시간(빙

그르르 돌아가는 "오색판")이 짝을 이루어 뒤섞이는 시간
이다. 그 사이에 세상사가 기록된다. 내 자신의 혁명(사
랑은 나를 변화시킨다)과 공동체의 사랑(김수영의 말대로
혁명은 사랑이다) 그리고 그에 대한 기록들이 이 과정에서
갈마든다. 3연을 두 가지 방식으로 읽을 수 있다. 하나는
순서가 무작위라는 것. 재귀하는 사건들이므로 이것들의
순서를 정할 수가 없다. 다른 하나는 이 모든 게 시적 기
록물이라는 것. 나는 "혁명에 실패하고 나서 한 남자를 사
랑하게" 되기 전에도 시를 썼고, 그 후에도 시를 썼다. 이
추억, 이 기념일이 멜랑콜리라는 것은 그것의 색깔(푸른색
이다)을 봐도, 그것의 상태(썩어 있다)를 봐도 분명하다.

　이번 시집에서, 저 멜랑콜리의 염소는 다섯 마리로 늘
었다. "나에게는 다섯 명의 시인이 있지." 다섯 층위에 이
르는 멜랑콜리의 발화들이 있다는 얘기다. 이들이 써내는
시편들을 살펴보기로 하자.

2-1. 병자의 멜랑콜리

　첫번째 사람
　그는 아파
　모두가 떠나간 검은 빌딩의 불 켜진 한 층처럼
　밤새 통증이 빛난다

눈먼 시간들이 부딪치는 어느 모서리에서

                          —「앤솔러지」 부분

    멜랑콜리는 '검은 담즙'이라는 말에서 나왔다. 검은 담즙은 고대 그리스에서 피, 점액, 노란 담즙과 함께 인간의 기질과 성격을 결정하는 체액이었다. 이 체액들의 조화가 깨지면, 예컨대 피가 많으면 다혈질인 사람, 점액이 많으면 냉정한 사람, 노란 담즙이 많으면 성마른 사람 그리고 검은 담즙이 많으면 우울한 사람이 된다. 멜랑콜리는 우울, 불안, 비관, 염세, 권태, 무기력 등과 결합한 심리적, 정서적인 표상이다. 그런데 이처럼 고통으로 대표되는 파토스는 근대에 들어 로고스로 대표되는 이성의 전제(專制)에 대한 강력한 저항 수단이 된다.

    병자인 시인은 아프지만, 그/그녀의 아픔은 "검은 빌딩의 불 켜진 한 층처럼" 밤새 통증으로 빛난다. 통증으로 빛나는 저 빛이 "죽음을 잊어버린 영혼과 육체"(김수영, 「눈」)에게 마련된 그 빛임은 불문가지다. 멜랑콜리는 직선의 시간, 낮의 시간("햇빛 속을 단정한 몸짓으로 지나쳐/가는" 저 겁나는 "아이들의 속도"를 상기하자)이 멈추고, 기념일의 시간, 밤의 시간("눈먼 시간")이 개시되는 분기점이자 "모서리"에 놓인 머릿돌이다. 와병에서 생겨난 권태와 무기력의 시간은 한편으로는 몽상의 시간이기도 하다.

"네 멋대로 자고, 담배 피우고 입 다물고, 우울한 채 있
으려므나"
출처를 잃어버린 인용을 좋아해
단단한 성벽에서 떨어진 회색 벽돌을 좋아해
매운 생강과자를 좋아해
헐어가는 입과 커다란 발을

끊어져 흔들리는 철교의
빨갛게 녹슬어가는 발목 아래서나
썩어가는 두엄지붕들 위에서
저 멀리
평원에서
들소의 젖은 털 사이로 불어오는
달착지근하고 따스한 바람을

손가락으로 좋아해
아니라고 말하는 어려움을
모든 습작들을 좋아해
서툰 몸짓을
이사 가는 날을 좋아해
죽은 사람의 아무렇게나 놓인 발들의 고요를
그 위로 봉긋하게 솟은
공원묘지에 모여든 초록 유방들

산 자의 기침과 그가 빠는 절망의 젖꼭지를
좋아해
그러나 꿀과 눈이 섞이는 시간을

너의 얼굴에서, 목에서
허리에서
얼음 같은 파란색 흐르는 시간을 좋아해
우리가 타버린 재 속에
함께 굽는
마지막 청어의 탄 맛을   —「무질서한 이야기들」 전문

　이 다정하고 아름다운 고백에 담긴 물품들을 멜랑콜리
의 선물이라고 해도 좋을 것이다. "멋대로 자고, 담배 피
우"는 일이 자유이듯, 입 다물고 우울한 채 있는 것도 자
유다. 텍스트에서 떨어져 나온 인용문도, 성벽에서 떨어
진 벽돌도 자유다. 정전(正典)이 내세우는 권위도, 성채
가 구축한 권력도 거기에는 없기 때문이다. "매운 생강과
자"가 허락하는 "헐어가는 입"과 그에 걸맞은 "커다란 발"
도 마찬가지다. 상처 난 입이 토해내는 발화가 바로 이런
고백일 터(1연). 철교와 두엄지붕과 바람도 멜랑콜리의
표상이다. 그것들은 각각 끊어져 흔들리거나 빨갛게 녹슬
어가고, 썩어가고, 달착지근하고 따스하다. 우울과 퇴락
이 선사하는 다정함이 아닐 수 없다(2연). 손가락은 몸짓

언어의 기표라는 점에서 로고스의 반대편에 있고, 머뭇대며 부정하는 일은 어렵지만 선한 행동이고 모든 습작들은 겸손하고 죽음 쪽으로 이사하는 일과 죽은 자들의 세계와 산 자들의 애도는 슬프지만 평등하다. 그 시간은 "꿀과 눈이 섞이는 시간"이다. 달콤함과 차가움이, 혹은 황홀과 눈물이 멜랑콜리 안에서 어렵게, 역접의 방식("그러나")으로 결합한다(3연). 네게서 흐르는 파란색 시간, 그게 멜랑콜리의 시간임은 앞에서 말했다. 우리는 폐허 속에서, "마지막 청어의 탄 맛을" 느낀다. 무언가 다 타버렸다. 우리에겐 "재"된 시간이 남았다. 그런데 그 시간이 우리에게 마지막으로 허락된 만찬의 시간이다. 지나감 속에서만 인지되는 행복이란, 그렇게 고통스럽고 그렇게 아름답다(4연).

이 모든 이야기는 제목이 말하듯, 무질서한 이야기들이다. 거기에는 앞뒤도 없고 위아래도 없고 좌우도 없다. 로고스는 본래 대상들에게 인과성을 부여하고(앞뒤), 중요한 대상과 가벼운 대상을 나누고(위아래), 나란히 놓을 대상과 그렇지 못한 대상을 구별한다(좌우). 로고스는 질서 지우기다. 그것은 자기가 말하고 자기가 듣는 자기촉발self-affection의 소리이기도 하다. 멜랑콜리는 로고스에 의해 배척된 파토스를 대상들의 자리에 재기입한다. 그것은 혼재된 대상들, 곧 질서화되지 않은 타자들에게서 비롯된 정동(情動, 'affection'에는 감정, 감동, 영향, 질병 등의 뜻이 있다)이다. 크리스테바는 슬픔이 우리를 이런 정동── 번민, 공포, 기쁨 등의 불가사의한 영역으로 인도한다고 말했다. 멜랑콜리는 로고스의 관점에서 보면 어떤 격절과 간극에서 비롯된 혼란과 억눌림을 이르는 이름이지만, 파토스의 관점에서는 그 격절을 자기화하는 행/불행을 모두 지칭하는 이름이다.

2-2. 용사의 멜랑콜리

두번째는 용감해
유리 꽃잎이 부서지는
청춘의 안티노미에서 출발
목의 후드를 부풀린 코브라와 녹빛 총구들
침엽수림처럼 솟아오르는 국경을 향해
행진!
너는 곧 죽을 거야
라고
말린 넙치 위에 쓰인 글자들을
　　　　　　　　　　　맛있게 씹으며
묽은 침 흘리며
다시 출발
── 저런, 턱이 부서진다　　　　── 「앤솔러지」 부분

첫번째 멜랑콜리가 우리에게 다정함을 선사했다면, 두
번째 멜랑콜리는 용감함을 부여한다. 멜랑콜리가 용사의
것이라고? 왜 아니겠는가? 세계의 분열을 자신의 분열로
받아들이는 저 강인함이 용사의 것이 아니라면 누구의 것
이겠는가? 그것은 청춘의 이율배반("안티노미")에서 비롯
된 것이다. 헤겔은 멜랑콜리를 유아에서 성년으로 진입하
는 젊은이가 갖게 마련인 특성, 곧 자신의 주관적 이상이
현실에서 실현될 수 없음을 깨달았을 때 생기는 좌절감과
적대감으로 보았다. 첫번째 멜랑콜리가 나와 연계된 대상
들에서 생겨난다면, 두번째 멜랑콜리는 나와 적대적인 대
상들에서 생겨난다. 주관이 아니라 객관의 분열을 수락하
고 극복하고자 하는 힘이기에, 그것은 강인한 파토스다.
그러나 비록 그렇다고는 해도, 거기에는 또 하나의 분열
이 개입되어 있을 수밖에 없다. 세계의 분열을 발화하는
언어의 분열 말이다. 죽음을 각오한 행진이 "글자들을" 씹
어대는 "턱"의 부서짐으로 귀결되는 것은 이 이중의 분열
때문이다.

우리는 목숨을 걸고 쓴다지만
우리에게
아무도 총을 겨누지 않는다
그것이 비극이다
세상을 허리 위 분홍 훌라후프처럼 돌리면서

밥 먹고
술 마시고
내내 기다리다
결국
서로 쐈았다   ——「70년대產」 전문

　70년대 생인 우리는 목숨을 걸고 쓰지만 아무도 거기에
베팅하지 않았다. 목숨을 건 우리와 무심한 세상, 혹은 치
열한 글쓰기와 무의미한 글 읽기 사이에 넘지 못할 간극이
있었다. 세상을 훌라후프 돌리듯 만만하게 대했지만, 세
상이 보기에 우리의 저항은 무위도식과 다른 게 아니었다.
이 대립과 분열은 우리와 세상 사이의 전선이기도 하고,
우리 내부의 전선이기도 하다. 목숨을 걸었으나 아무도
상대해주지 않았기에, 우리는 서로를 쐈았다. 저런, 턱에
맞았다.
　주로 시집의 3부를 이루는 시편들에서 이런 이중적인
분열에서 비롯된 풍자와 반성, 희극과 비극이 격렬하게
쏟아져 나온다. 내 발화를 찢어발기는 무서운, 객관적인,
무의미한 세상이 있다. 거기에는 "검은 비닐봉지 날아오
르고/빨간 꽃잎 찢어지는 소리"(「5월의 첫 시집」)가 들리
는 5월의 광주가 있고, "지르던 비명을 완성하기 위해 차
례를 기다리는 석고상이나 팔다리 없이 영원을 향해 애무
의 몸짓을 던지려는 청동 토르소 사이"(「친애하는 비트겐

슈타인 선생께」)에 난 생활고의 길이 있으며, "우리를 황급히 쫓아오"는 "강철 부스러기들"(「나의 친구」)이 있다. 지구촌 곳곳에는 "학살자의 나라"(「러브 어페어」)가 있으며, "젊은이를 비탄으로 몰아갈/실업"과 "비정규직의 주황색 망토"와 "폐병쟁이 시인을 위해 흰 알약의 값을 올리고/아직도 발자크처럼 건강한 소설가에게는/어미소를 먹인 얼룩소를"(「문학적인 삶」) 먹이는 이 땅의 2008년산 현실이 있다. "여수 출입국 보호소 화재로" 죽어간 노동자들은 "보호 외국인의 도주를 우려해"(「Quo Vadis?」) 쳐둔 쇠창살 안에서 타죽었고, 할머니는 "쿠마이의 여자 무당처럼 점점 줄어들었다"가 땅에 묻혔다(「나의 할머니」).

그런데 오염된 세상을 전하는 말들이 또한 오염되지 않을 도리가 없다. "검은 비닐봉지"와 "빨간 꽃잎"으로 미화된 저 광주의 알레고리는 참혹과 분노를 은닉하고, 석고상과 토르소는 조각난 제 자신으로 시간의 정지를 증거한다. 강철 부스러기들은 신동엽이 "그 모든 쇠붙이"(「껍데기는 가라」)라고 낮춰 불렀던 바로 그 무서운 조각들이다. 학살자의 나라에서 우리는 "흰 셔츠 멕시코 청년"과 "학살당한 손들이 치는/다정한 박수를 받으며" 폭격으로 폐허가 된 도시에서 결혼식을 올린다. 2008년, 이 땅의 참상은 목하 진행 중이다. 노동자들은 "보호" 받다가 죽었다. 할머니가 여자 무당 같았던 것은 줄어드는 몸피 외에도 "술과 오줌냄새"로 질펀하고 "썩은 이빨 나기 시작한 어린

애"로 변한, 치매 노인이었기 때문이다. 절망은 분노와 자리를 바꾸었으나, 분노는 끝내 희망과 섞이지 못한다. 그러니 "글자들"이나 씹을 수밖에. 멜랑콜리가 더욱 강해질 수밖에. 손택은 멜랑콜리에 사로잡힌 인물이 세상을 어떻게 읽어야 할지 가장 잘 아는 인물이라고 말했다. 우울한 사람이 죽음의 그림자에 쫓기고 있기 때문이라고. 이 그림자는 제 자신의 것이기도 하지만 세상이 그에게 드리운 것이기도 하다.

2-3. 의사의 멜랑콜리

> 그러니까
> 암살자 태양이 뜨는 백야에
> 세번째 시인은 의사 흉내를 내지
> 나는 아무도 없는 어두운 대성당이다
> 라고 그는 외친다
> 자기 그림자로 병자를 치료하던 성 베드로를 좋아해
> ——「앤솔러지」 부분

세번째 멜랑콜리는 의사의 것인데, 이때의 "의사"는 의사(醫師)이자 의사(擬似)다. 진짜 의사가 아니라 "의사 흉내를 내"는 의사인 까닭이다. 3연의 들머리에 놓인 "그러니까"를 보면, 이 의사 흉내가 2연의 마지막("저런, 턱이 부서진다")과 관련된 것임을 알 수 있다. "암살자 태양이 뜨는 백야"는 밤 같지 않은 밤이다. 낮의 시간, 낮의 질서가 지속되는 밤인 셈이다. 시인은 자신을 텅 비워 어둠을 마련한다고, 자기 그림자로 고통을 치료하고자 한다고 선언한다. 첫번째 멜랑콜리가 타자에서 비롯되었고, 두번째 멜랑콜리가 세계에서 비롯되었다면, 의사의 멜랑콜리는 자기 자신의 내부로 향한다. 텅 빈 내면으로.

프로이트는 애도trauer와 멜랑콜리를 구분하면서, 애도가 대상의 상실을 받아들이고 극복하는 정상성의 양태라면, 멜랑콜리는 상실한 대상을 자신과 동일시하는 비정상성의 양태라고 말한다. 전자가 세계의 빈곤을 극복하려는 작업trauerarbeit을 통해 새로운 대상으로 옮아간다면, 후자에서는 새로운 대상을 찾지 못한 채 자아에 리비도가 머문다. 대상은 우울증적 주체의 내부에 녹아버리고, 주체가 대상으로 물화되어버리는 것이다. 지젝은 이런 구분이 상실과 결핍의 착란에서 비롯되었음을 지적한다. 그에 따르면 멜랑콜리는 대상의 상실에서 생기는 게 아니다. 상실했다고 생각했던 그 대상이 실은 처음부터 결핍되어 있었다는 것이다. 원래부터 부재했던 대상이 잃어버린 대상인 것처럼 받아들여질 때 멜랑콜리가 생겨난다. 대상은 그 결핍(부재)에서 출현한다. 처음부터 상실해본 적 없는 대상이, 그 상실의 제스처 속에서 역설적으로 떠올라오는

116

것이다. 시인이 "나는 아무도 없는 어두운 대성당이다"라고 외칠 때 겨냥하는 것이 이것이다. 대상의 상실이 아니라 부재를 받아들이는 것, 그리고 그를 통해 낮의 시간과 질서가 아닌 밤("어두운")의 시간과 질서를 제 안에 마련하는 것. 자신의 "그림자"(그것은 빛이 아니지만, 제 자신의 부재는 더더욱 아니다)로 고통을 치료하는 것.

> 그리고 우리는 서로의 존재를 포옹한다
> 수요일의 텅 빈 체육관, 홀로, 되돌아오는 샌드백을 껴안고
> 노오란 땀을 흘리며 주저앉는 권투선수처럼
>   ─「연애의 법칙」 부분

우리의 포옹은 실제적인 것이었지만, 그 실제는 대상의 부재에 기반을 둔 것이었다. 저 샌드백의 원관념이 "너"라고 생각해서는 안 된다. 초점은 샌드백이 아니라 샌드백을 둘러싼 구절들에 놓여 있다. 이를테면 "텅 빈 체육관, 홀로, 되돌아오는," 그리고 "땀을 흘리며 주저앉는"이 그렇다. 그것은 포옹(함께 있음)의 기표가 아니라 고독(홀로 있음)의 기표다. 우리의 포옹은 샌드백이 "되돌아오는" 것처럼, 내 홀로된 행동의 반작용이었을 따름이다. 내가 안고 내가 안긴다는 것. 제 그림자로 병자를 치료하던 "성 베드로"의 행동이 그와 다르지 않을 것이다.

그런데 여기서 역전이 일어난다. 멜랑콜리 속에서 부재

의 대상이 상실로 경험될 때, 그 대상은 부재 속에서 실재의 어떤 명증성을 담보한다. 내가 때리자 되돌아오는 저 샌드백처럼, 묵중하게 내게 안겨오는 어떤 구체(具體)가 있다. 상실의 몸짓이 오히려 부재했던 실체를 불러왔다. 나는 너를 안았는데, 내게 안긴 것은 샌드백이었다. 사랑에 대한 후일담이 사랑보다 앞선다는 게 이런 뜻이다. 이제 부재 속에서 사물들이 제 있을 곳에 온전히 자리를 잡는다.

오늘 네가 아름답다면
죽은 여자 자라나는 머리카락 속에서 반짝이는 핀과 같고
눈먼 사람의 눈빛을 잡아끄는 그림 같고
앵두향기에 취해 안개 속을 떠들며 지나가는
모슬린 잠옷의 아이들 같고
우기의 사바나에 사는 소금기린 긴 목의 짠맛 같고
　　　　　　　　　　　　　　　　　—「아름답다」 부분

저 가정법과 불가능성에 기댄 대상들은 정말로 아름답다. 물론 이 아름다움은 가정법과 불가능성 자체에 내재한 속성이다. 가능성과 불가능성을 동시에 구현하는, 곧 부재하는 대상으로써 대상의 실재를 담보하는 아름다움 말이다. 가정법의 세계는 '있을 수 있음'— 가능성 —을 미리 수락하는 세계다. 불가능성의 세계는 '있을 수 없

음'을 통해서, 실재의 작은 조각들을 현실에 도입하는 세계다. 이런 식이다. 실제로 죽은 여자의 머리카락은 자랄 수 없으나, 사실은 망자의 머리카락도 자란다. 죽으면 피부가 수축되면서 모공 속에 남은 머리카락을 밖으로 밀어내기 때문이다. 눈먼 사람을 잡아끄는 그림은 있을 수 없으나, 그만큼(눈이 번쩍 뜨일 만큼) 놀라운 그림은 있다. "앵두향기에 취해 안개 속을 떠들며 지나가는" 아이들은 없으나, 몽유의 길 위에 선 아이들은 실제로 있다. "소금기린"은 실제로 살지 않으나, 슬픔(소금은 눈물의 성분이다)으로 긴 목을 늘어뜨린 짐승은 바로 그 사바나에 산다.

부재하는 대상들은 그 부재를 통해서 제 모습을 드러낸다. 그것들이 결핍으로 받아들여질 때, 우리는 있어야 할 것과 있지 않은 것의 간극으로 고통스러울 것이다. 의사의 멜랑콜리는 이 간격에서 생기는 고통이자, 이 간격을 상기하는 고통이며, 궁극적으로 이 간격을 좁히고자 애쓰는 데서 강화되는 고통이다.

2-4. 천재의 멜랑콜리

네번째 나의 시인은 천재
그는 결코 노래하지 않아
바닥에 엎드려

영원히 입 맞추는 꿈을 꾸네
꿈의 꿈속에서 물고 있는
거대하고 말랑한 풍선 꼭지
별의 내부는 그의 숨결로 가득하다

—「앤솔러지」 부분

시인이 말하는 천재의 징표는 '노래하지 않음, 영원성,
꿈꾸기(혹은 꿈속의 꿈꾸기)'이다. 앞의 세 멜랑콜리가 타
자, 세계, 제 자신에서 비롯된 것이었다면, 네번째 멜랑
콜리는 노래 이외의 발화 가능성을 탐색한다. 노래는 발
화의 고저, 장단, 강약을 특별한 질서 아래 배치함으로써
발화를 주체의 의도에 종속시킨다. 노래는 질서 지워진
발화다. 반면 '노래하지 않음'은 그런 발화를 거부함으로
써 언외(言外)의 것을 발화한다. 노래의 대상이 되지 않
음으로써, 다시 말해 발화의 목적어('무엇을 말하다'의 그
'무엇')가 되지 않음으로써 대상은 타동사의 세계에서 자
동사의 세계로 옮아간다.
    자동사적인 발화의 특징은 무엇일까? 첫째, 그것은 기
호의 대량생산이 가능한 발화다. 대상을 지시하는 기호가
주체가 의도한 단일한 판에 이식되지 않고 의미들을 거느
린 채 다른 기호들로 전이하기 때문이다. 수많은 시니피
앙들 곧 '여러 개의 기호'가 하나의 '기호의 기호'를 시니
피에로 갖는 것. 그래서 그것은 통상의 관점에서 보면

(벤야민의 말대로) '기호의 폐허'이지만, 자유롭고 무한한 생산을 가능하게 하는 '기호의 공장'이기도 하다. 둘째, 기호의 물질성이 강조되는 발화다. 자동사적인 발화는 의도의 차원으로 축소되지 않으므로 그 자체로 존재한다. 그 자체로 존재하는 것, 그것이 물질이다. 이 기호들도 시적 세계의 구성물이다. 발화되는 순간, 소리(청각 영상)와 이미지(시각 영상)로 전환되는 것이기 때문이다. 셋째, 그 자체가 다른 것에 종속되지 않으므로, 그것은 지속성을 특징으로 하는 발화다. 물론 이때의 지속성은 단일한 실체의 연장(延長)이 아니라, 계기적인 것이다. 발화의 시간을 분절하면서 잇는 것이기에, 그것은 연속성과는 다르다. 한 기호가 다른 기호로 전변하면서 끊임없이 시니피에들을 생산하게 된다. 이 역시 시적 세계의 특징 가운데 하나다. 넷째, 그것은 무의식의 구성방식을 따르는 발화다. 곧 은유와 환유의 운동을 허락하는 발화다. 하나의 대상이 끊임없이 이동하며 전이하는 방식이 바로 은유와 환유이기 때문이다. 이 역시 시적 발화에 속하는 것임은 말할 것도 없다. 그러므로 자동사적인 발화는 시적인 발화의 다른 이름이기도 하다. 광기가 천재를 낳는다고 말한 이는 플라톤이고, 모든 천재는 멜랑콜리를 가진 사람이라고 말한 이는 아리스토텔레스다. 괴테 역시 시를 낳는 특별한 재능이 멜랑콜리에 있다고 보았다.

데카르트의 점
폐곡선 안의 점
아무리 모아도 넓이를 가진 이면지가 되지 않는 점
유일무이한 점

너의 콧등 위의 점
박하 잎 가득 담은 양가죽주머니를 쥐고 하얀 하늘로 달
아난 흰 올빼미의 발톱 같은 점

내가 사랑하는 권태로운 점
우주의 콧속에 떠도는 별의 후추씨
가벼운 재채기같이
네 얼굴 신비한 기하학의 하얀 무화과   ─「점」 전문

일점(一點)의 유일무이성이 먼저 이야기된다. 그것은 데카르트의 코기토와 같은 것이며, 폐곡선의 중심이며, 점의 정의가 말해주듯 "넓이"를 가지지 않는 점이다. 그 점은 "이면지"가 아니다. 곧 내부에 다른 반점들을 가지지 않은 점이다. 그러나 그것의 단일성은 2연에서, 그것의 내부에서부터 침식된다. "너의 콧등 위의 점"이 시 전체의 기호들을 낳은 생산지였다. 내 시선은 네 콧등에 앉은 바로 그 점만을 주목했다. 그것이 너를 너로 만들었고(네게는 점이 있다. 그러므로 너는 존재한다!), 너의 얼굴 윤곽

이 그 점을 중심으로 폐곡선처럼 자리했으며, 다른 점들, 이를테면 주근깨나 기미 따위가 그것의 인상을 흐리지 못했다. 그 다음은 어떤 관계의 표현이다. 하얀 양가죽에, 하얀 올빼미에, 하얀 하늘로 달아났으니 네 얼굴이 얼마나 하얬을지 알겠다. 거기서 박하향이 풍겨 나왔으니 네 얼굴이 얼마나 청신할지도 알겠다. 네 발톱(너의 점)은 혼자서 검어서, 내 시선을 올바로 낚아채기도 했을 것이다. 이제 기호는 그것의 정박지를 벗어나 가장 먼 곳까지 흘러간다. 3연의 "권태"가 또한 멜랑콜리인데, 그것이 '사랑함'의 동의어로 쓰였음에 주목할 필요가 있다. 내 멜랑콜리한 반응은 사랑스런 응대의 몸짓이었다. 이제 넓이도 깊이도 가지지 못했던 일점은, 우주의 생성지점이 된다. 우주도 그렇게 한 점에서 시작했다. 그 한 점이 후추씨처럼 거대한 재채기, 곧 빅뱅을 유발했다. 그래서 그 점은 꽃 없는 꽃인 무화과에 자리한 점이기도 하다. 너의 얼굴은 꽃이 아니지만, 꽃처럼 환하게 피어났다. 한 기호(꽃)가 기호를 부정하고서도 그것의 속성을 취한 기호의 기호(무화과)를 낳았던 것이다.

자동사적 발화의 요점을 추려보자. 점 하나가 수많은 기호를 낳았으니 기호의 대량생산이 이루어졌다. 그 수많은 기호들이 기호의 기호인 한 점의 변체였는데, 정작 그 점은 얼굴 위의 바로 그 점으로 자리했으니 물질성을 취득했다. 그 점이 수많은 기호들로 변형되면서 계기적 연상을 따라 지속되었다. 결국 수많은 그림들은 얼굴 위의 점이라는 단일한 인상을 은유적으로(기하학에서 말하는 순수 추상의 점, 발톱 같은 점, 후추씨 같은 점), 환유적으로(기하학의 도면에, 양가죽을 낚아채고 하늘로 날아오른 올빼미의 발톱에, 우주 전체에) 옮겼으니 무의식의 운동방식을 따랐다. 바닥에 엎드려 입을 맞추었는데, 별자리들에 그의 숨결이 가득 찼다. 지상과 천상을 잇는 이 신비한 화응(和應)을 (보들레르를 부르는 이들의 호명에 맞추어) 천재의, 혹은 시의 멜랑콜리라 부르기로 하자.

2-5. 분열증자의 멜랑콜리

마지막 한 사람은
엉터리
그의 갈라진 목소리 안에 또 다른 다섯이 살고 있어
저마다 녹색 침을 퉤퉤 뱉는
다섯 마리 새들을 키운다
새들은 깃털 수만큼의 이미지를 품고 있어

뽑힌 나무들 너머
덜덜거리는 굴착기 위에서
잿빛 깃털들이

여러 빛깔로

흔들리며

떨어지네

─「앤솔러지」부분

이제 마지막이자 새로운 시작을 알리는 하나의 발화가
남았다. 그것을 분열증자의 멜랑콜리라 불러야 할 것인
데, 그 속에서 우리가 거쳐왔던 다른 시인들이 또다시 목
소리를 내기 때문이다. 그는 복화술사가 아니라 분열증자
다. 여러 개의 가면을 쓴 단일한 사람이 아니라, 하나의
가면을 쓴 여러 사람이라는 얘기다. 각각의 발화를 모아
서 단일한 언어의 평면에 배열하는 사람은 여러 개의 목소
리를 소유했다고 해도, 근본적으로는 한 사람이다. 그는
제가 가진 여러 목소리들을 노예로 부린다. 분열증자는
다르다. 그는 다른 발화의 외부에 거하면서도, 자신의 내
부에 다른 발화들을 수용한다. 그래서 "그의 갈라진 목소
리 안에 또 다른 다섯이 살고" 있는 일이 가능해진다. 그
는 자신의 목소리로 다른 목소리들을 지배하지 않는다. 그
의 목소리는 다른 목소리 가운데 하나다. 그는 제 자신을
종개념(種概念)으로 포함한 유개념(類槪念)이다. 그의
안에는 병자와 용사와 의사와 천재와 그 자신이 살고 있
다. 유로서의 '그'와 종으로서의 '그 자신' 가운데 무엇이
먼저일까? 종으로서의 '그 자신'이 먼저다. 분열증자로서

'그'는 수많은 종개념들을 거느리는데, '그'를 분열증자로 만드는 것은 그 수많은 분열의 개별 양태이므로, 종으로서 호명된 '그 자신'이 유로서의 '그'를 만든다. 다르게 말해서 종으로서의 '그 자신'은 (다른 넷을 포함해서) 끊임없이 분열되어가는 분기점이다. 보라, 그의 안에는 "또 다른 다섯이 살고" 그들은 "저마다" "다섯 마리 새들을" 키우며, 새들은 "깃털 수만큼의 이미지를 품고" 있지 않은가? 끝없이 갈라지는 이 분열증의 목소리들을 통해, 세계는 중심과 위계와 구조라는 틀로 왜곡되지 않고 그 자체의 실상을 드러내 보이게 된다. 이 분열증자의 다른 이름이 「앤솔러지」 전체를 끌고 가는 이름, 시인이다.

    가만히 어둠 속에서 누군가를 기다리는 일
    내가 모르는 일이 흘러와서 내가 아는 일들로 흘러갈 때
까지
    잠시 떨고 있는 일
    나는 잠시 떨고 있을 뿐
    물살의 흐름은 바뀌지 않는 일
    물속에서 누군가를 기다리는 일
    푸르던 것이 흘러와서 다시 푸르른 것으로 흘러갈 때까지
    잠시 투명해져 나를 비출 뿐
    물의 색은 바뀌지 않는 일

(그런 일이 너무 춥고 지루할 때

내 몸에 구멍이 났다고 상상해볼까?)

—「물속에서」 부분

'나'의 목소리를 분열증자의 그것이라고 불러도 좋을 것이다. 가만히 멜랑콜리의 저 푸르고 어두운 흐름에 몸을 맡기자. 부재하는 "누군가를" 기다리자. 모르는 일들이 내게 와 아는 일들이 될 때까지 공명("떨고 있는 일")하자. 나를 투명하게 비우자. 혹은 "내 몸에 구멍이 났다고 상상"하자. 나는 다른 이들, 다른 일들이 머물다 가는 곳이다. 그들은 푸르게 와서 푸르게 갈 것인데, 그때까지 나는 내 안을 그들의 공통 주거지로 제공할 것이다. 그 흐름에 몸을 맡길 때, 내게 흘러든 목소리들이 발언을 시작할 것이다.

들뢰즈는 프로이트가 늑대인간을 분석하는 과정에서, 여러 마리의 늑대를 단 한 마리의 늑대로, 결국에는 영(0, zero) 마리의 늑대로 환원해버렸다고 비판한다. 일곱 마리가 표상을 위해 동원되는 과정에서 다양체로서의 제 성격을 잃었다는 것이다. 들뢰즈의 소감은 이렇다. "누굴 놀리는 건가? 늑대들은 도망쳐서 자신의 무리를 찾아갈 기회를 결코 갖지 못했다. 애초부터 동물은 부모들 간의 교미를 표상하기 위해서만, 아니면 거꾸로 그런 교미에 의해 표상되기 위해서만 사용되도록 결정되어 있었다." 분열증자는 표상을 위해, 동일성을 위해 희생될 수밖에

없었던 다수의 목소리들을 제 자신의 분열을 통해 보존한
다. 이를테면, 다섯 명의 시인들, 다섯 마리의 새들, 그리
고 다섯 마리의 늑대들.

나는 시인입니다
다른 이름으로 부르지 마세요
듣기 싫어요
나는 불타버린 지느러미를 휘젓는다

거울 숲으로부터
사과 파는 여자가
쟁반에 두 개의 빨간 유방을 담아온다

아담, 너는 한입 가득 베어 물며
묻는다 이름이 뭐냐고?

나는 헤롯이며 요한의 잘린 머리
내가 죽인 모든 장자들의 아버지인

은유는 없다
그것은 푸른 얼음
따스한 구멍 속에서 녹아버렸다
—「Summer Snow」부분

128

아담이 처음 동물들을 보고 부른 이름이 동물들의 이름이 되었다(「창세기」 2장 19절). 아담의 언어는 이름과 대상 사이에 간극을 허락하지 않는, 일물일어의 언어다. "이름이 뭐지?"라고 묻는 아담의 질문은, "너의 정체가 뭐지?"라는 질문이기도 하다. 바벨탑 사건 이후에, 이름과 대상 사이에 간극이 생겨났다. 이제 각각의 언어는 대상과 필연적인 관계를 맺지 못한다. 언어는 실체를 잡는 게 아니라 다른 언어를 잡는다. 그걸 쫓아가면 결국 제자리로 돌아온다. 사물을 향한 출구는 봉쇄되었다. 시인은 바벨의 후예다. 그는 은유로 말하는 사람이다. 은유는 비유된 것과 비유하는 것 사이의 간극을 통해서만 성립한다. 그래서 그것은 타락의 징표이자, 언어의 출현이며, 역사의 개시(開示)다. 니체는 진리가 낡아버린 은유라고 말했다. 진리는 본원적인 타락이 있었음을, 그것의 흔적을 통해 제시한다. 진리는 실체 그 자체가 아니라 실체로 가정된 그 무엇에 대한 손가락질이다. 그런 오염을 통해서만 역사가 생성된다. 아니, 그 오염의 기록 자체가 역사다. 쟁반에 담아온 "두 개의 빨간 유방"은 물론 가슴인데, 이 은유는 이미 오염된 은유, "낡아빠진, 그리고 감각적인 힘을 상실한" 은유다. 아담은 그 사과를, 그 유방을 "한입 가득 베어 물며" 이름을 물었다. 그런데 사과는 유방이 아니지 않은가? 그런 동일시는 언어의, 이데올로기의, 그리고 강고한 저 현실이 강요한 폭력적인 동일시가 아닌가? 네가 먹고 있는 그것을 빨간 유방이라고 부를 때마다, 너는 식인의 제의에 참여한다. 너는 사과를 먹는 게 아니라 여자를 먹는다.

내 대답은 다르다. 나는 "헤롯이며 요한의 잘린 머리"이며, "내가 죽인 모든 장자들의 아버지"다. 나는 요한의 머리를(사과처럼, 유방처럼) 쟁반에 담아오게 시킨 헤롯이자 그 쟁반에 담긴 머리다. 나는 미래의 왕인 예수를 잡기 위해 장자들을 죽인 헤롯이자, 그 희생자들을 낳은 아버지다. 나는 가해자이자 피해자이다. 나는 "때리는 손이며 맞는 뺨"(보들레르)이다. 시인인 나는 언어의 생산자이자 소비자이며, 행위의 사동이자 피동이며, 시선의 출발지이자 목적지이며, 세상의 살림이자 죽임이다. 그러므로 "은유는 없다." 아담의 언어도 없으며, 아담의 언어를 흉내 내는, 진리임을 자임하는 은유도 없다. 언어와 대상이 일치하는, 대상을 가리키는 손가락이자 대상 자체인 그런 은유는 없다. 그런 일치는 지배 이데올로기와 다르지 않은 것이다. 내가 제시하는 은유는 그 모든 모순들, 그 모든 간격들을 수용하는 은유다. 은유를 녹여버린 "푸른 얼음/따스한 구멍" 같은 은유 말이다. 이름은 "사라지는 푸른 얼음의 거울/강바닥에 내리는 불탄 살갗의 눈송이다"(8연). 이 모순된 표현들이 분열증자의 멜랑콜리를 보여준다. 그것은 멜랑콜리에 비친 자화상이다. 거울은 곧 녹아 없어질 것이다. 녹아서 사라지면서, 그것은 우리 자신의 진정한 모습을 언뜻 비춘다. 모순이 만나 창이 부러지고 방패가 뚫릴 때, 그 순간만으로 현현하는 모순의 진리라는 게 있다. "불타버린 이름들"(9연)이 지시하는 한 세계가 있다. 그 얼음 위의 불꽃, 혹은 따스한 얼음구멍이 멜랑콜리가 아니라면 과연 무엇이겠는가.

그러므로 분열증자가 품은 저 수많은 목소리들은 곧 시적 발화의 여러 층위이기도 하다. 그것은 그동안 동일성이라는 이름 아래 지워버린 타자들의 목소리 그 자체다. 발화들 간의 간극, 발화와 대상 사이의 간극, 발화 주체들 사이의 간극, 그러므로 자신과 타자와 세계와 언어에서 생겨나는 부서짐과 파열을 제 안의 것으로 수용하는 일, 그게 곧 시인의 일이다. 이제 다섯번째 시인에 기대어 결론을 적을 수 있게 되었다.

마지막 사람은 엉터리
서툰 시 한 줄을 축으로 세계가 낯선 자전을 시작한다
———「앤솔러지」부분

서툰 시 한 줄을 쓰는 일, 그래서 세계가 스스로, 새롭게, 회전하게 하는 일——이것은 시인이 이 세계에 바치는 더없는 헌사다.

3. 멜랑콜리아, 어디에도 없는 곳(Utopia)에 대한 사유

멜랑콜리에 기대어 진은영의 시를 읽었다. 여러 층위의 멜랑콜리를 통해 정념, 현실성, 세계, 언어, 주체, 시와 시인의 문제들을 검토했다. 상기한 대상과 대상 사이에서, 혹은 대상 내부의 간극에서 멜랑콜리가 발생한다. 멜랑콜리는 그 간극에서 비롯된 소음이자 노래이며, 그 간극을 좁히고자 애쓰는 인력이자 그 간극을 유지하려는 척력이다. 그것은 분열과 거기서 생겨난 고통을 수락한다는 점에서는 병자에 속한 것이지만, 섣부른 화해가 만들어낸 가상을 거부한다는 점에서는 용사의 것이다. 그것은 부재를 인정함으로써 역설적인 현존을 가능케 하는 사이비 의사의 전략이며, 자동성의 세계를 만들어내는 천재의 소유물이다. 그것은 또한 분열증자의 목소리처럼 다른 대상과 만나 무한히 증식하는 다양체이기도 하다. 마지막으로 그것은 시와 시인의 자리를 끊임없이 상기시키는 메타적 운동이다.

따라서 멜랑콜리는 도처에 편재하면서 아무 곳에도 없다. 모든 곳에서 그것의 표현인 모순, 분열, 고통, 우울이 나타나지만, 그것의 실체 혹은 그것이 안착할(다르게 말해서 그것이 해소될) 실체를 찾을 수 없기 때문이다. 그래서 우리는 멜랑콜리를 유토피아에 대한 사유라 부를 수 있을 것이다. 유토피아가 실현되는 날 멜랑콜리는 사라질 것이지만, 그렇게 실현된 유토피아는 더 이상 유토피아가 아닐 것이다. 유토피아는 찾아가면 더 먼 곳으로 물러나 자리를 잡는 신기루다. 겨우 도달한 이곳과 신기루가 놓인 먼 곳 사이에서 발생하는 게 바로 멜랑콜리다.

글을 맺을 때가 되었다. 본문을 먼저 읽은 독자들은 눈치 챘겠지만, 사실 나는 이 해설에 가장 잘 맞는 시편 하나를 지금까지 아껴두고 말하지 않았다. 그것은 이 시집에 실린 가장 아름다운 시 가운데 하나인데, 여기에는 지금까지 말한 멜랑콜리의 거의 모든 측면이 숨어 있다. 이 지순하고 부드럽고 아픈 고백이 없는 곳이라면, 그곳은 얼마나 디스토피아일 것인가? 풍자와 조롱만이 가득한 곳일 것인가?

그는 나를 달콤하게 그려놓았다
뜨거운 아스팔트에 떨어진 아이스크림
나는 녹기 시작하지만 아직
누구의 부드러운 혀끝에도 닿지 못했다

그는 늘 나 때문에 슬퍼한다
모래사막에 나를 그려놓고 나서
자신이 그린 것이 물고기였음을 기억한다

사막을 지나는 바람을 불러다

그는 나를 지워준다

그는 정말로 낙관주의자다

내가 바다로 갔다고 믿는다

— 「멜랑콜리아」 전문 ▨